KB058764

병명이
뭐래?

〈월요병〉
진단 나왔어

아무 일 없지 않지만

아무 일 없는 것 처럼

아무 일 없지 않지만

아무 일
없는 것처럼

글 · 그림 설레다

알에이치코리아

나는 직장인이다

안쓰러운 마음이 울컥 들어 위로를 보내고 싶은 이에게

세상이 낯설고 어려워 영혼마저 쪼그라든 후임에게

왠지 마음이 가서 내 편으로 만들고 싶은 동료에게

하루가 블루로 물들어 버린 사회초년생에게

✖ CONTENTS

Chapter 1.
월요일, 전투 시작

Chapter 2.
화요일, 어쩐지 찝찝해

Chapter 3.
수요일, 일, 일, 일!

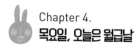

Chapter 4.
목요일, 오늘은 월급날

Chapter 5.
금요일, 굿바이 굿나잇

CHAPTER

1

월요일
MONDAY

전투
시작

좁은 문

벌써 몇 번째 마주하는 문인지 모르겠다.
'어떤 문이 더 나을까', '내게 꼭 맞는 문을 잘 골라 들어가야지' 하던
철없던 시절도 있었다.
이제는 안다. 그저 어디든 열 수만 있어도 행운이라는 걸.
많은 문을 바라지도, 으리으리한 문을 바라지도 않는다.
그렇다고 다 부서지고 망가진 문고리를 잡을 수는 없잖은가.
그럴듯한 내 자리 한번 찾아보겠다고 보낸 세월이 얼만데.

종일 쭈그리고 앉아 이 문 저 문을 찾아 헤매고
빼꼼히 열었다 닫고, 또 찾고, 두드려 보고…

두드리고, 두드리고, 두드려도 대답 없는 문.
내가 들어가기엔 너무나 좁고, 문고리마저 미끄러운 문.
내게만 잠겨 있는 저 문.

내가 진짜 어떤 사람인지
관심 없어도 괜찮아.

어떤 사람이
필요해?

같지도, 다르지도 않은 사람들이 한자리에 모였다.

말끔히 단장한 사람들이 가지런히 진열된다.

그들이 어떤 사람인지 관심 없는 면접관에게,

어떤 능력이 있는지 어필하는 시간.

혹은 어떤 능력도 없지만 있을 법해 보이도록 포장하는 시간.

비오는 월요일

젖은 바지,
젖은 가방,
젖은 신발,
젖은 기분.

배부른 소리라 하겠지.
그렇지만 오늘 **정말**,
회사 가기 싫다!

풍경

휴대 전화가 머리채를 잡아당긴다.

목이 부러질 듯 아래로, 아래로.
목 없는 사람들이 오르내리기를 반복한다.

물결

이 물결은 대체
어디가 시작이고

어디가 끝일까.

전투커피

출근 커피는 사력을 다해
흡입하는 거지 말입니다.
한가롭게 음미하는 게
아니지 말입니다.

초보

무슨 짓을 할지,
무슨 짓을 하는지,
무슨 짓을 했는지.

진짜 피곤하지만 그렇다고 내일로 미루고 싶진 않아.
평소라면 일찌감치 정리하고 밖으로 뛰쳐나갔을 텐데,
왠지 오늘은 이 일을 꼭 끝내고 싶다는 마음이 들어.
이미 타들어가고 사라진 월요일 영혼은 치워두고,
내일의 싱싱한 영혼을 오늘의 땔감으로 당겨써야겠다.
내일 치러야 할 '피로'라는 이자가 200% 늘어나겠지만,
어쩌겠어, 난 오늘 이 일을 끝내야겠는 걸.

NO, NO, NO!

힘든 일은
할 수 있어.
제발
싫어하는 일은
시키지 말아 줘!

난치병

〈월요병〉

일요일 해가 바스러지기 시작하는 시간부터 월요일 현관문을 나서는 시간까지 스멀스멀 올라오는 아쉬움, 초조함, 불안, 긴장의 범벅 상태에 빠지는 것.

〈내일부터 병〉

왼쪽 발끝으로 스윽 밀어둔 일에 '내일부터'라는 이름을 써두는 것.

남녀노소 불문 직장인에게 발병률이 높고 완치율은 낮다.
증세는 본인조차 모를 정도로 미미한 정도에서
매일, 매시간 초조함이 느껴질 만큼 심각한 경우까지 다양하다.
이 병은 먹고 사는 데 크게 지장을 주진 않는다.
하지만 '먹고 사는 게 다인가?'라는 회의감에 빠지게 만든다.
고치기 어려워서 그렇지 마음만 독하게 먹으면 완치도 가능하다.
'마음만 먹으면 할 수 있어'라는 말은
〈내일부터 병〉의 전형적인 증상이다.
'마음만 먹으면'이라는 말을 되새기며
난치병은 서서히 불치병이 되어 간다.

예전엔 아무도 찾아오지 않아 문을 괜히 열어 두기도 했지.

누구라도 좀 찾아오라고. 좀 들어오라고.

없는 사이 찾아올까 멀리 가지도 못했어.

그러다 멀끔하게 차려입은 손님을 만나게 되었지.

그 순간이 얼마나 반갑던지 세상 더 바랄 게 없었어!

그런데 얼마 안 가 하나둘 '동료'를 데려오더라고.

이제는 아예 잠에서 깨기 전에 떼로 들이닥치는 거야.

가끔 새벽에도, 주말에도, 휴가 때까지 찾아오곤 한다니까.

이럴 땐 그러지 말아달라고 부탁해도 듣는 둥 마는 둥.

아파 누워 있는데도 찾아 왔을 때는

혼자 있고 싶다고 조심스럽게 말했지.

그랬더니 '너 혼자 아프냐'는 말을 시작으로 1년 치 호통은 다 들었네.

아! 알고 있어.

아무도 오지 않던 때를 생각하면 참 기쁜 일이야.

그렇지만 단골손님들 몇 번 겪어 보면 생각이 달라져.

이 문을 없애지 않는 한 손님들은 계속 찾아올 거야.

어휴, 생각할수록 마음만 답답해지지.

푸념은 이만하고 이제 자러 갈게.

잠이라도 푹 자고 내일은 개운하게 손님을 맞이해야겠어.

등짝 한가운데 붙은
오늘의 스위치.

가슴팍에 달렸다면
켰다 껐다 내가 알아서 할 텐데.

나를 움직이는 스위치를
당신의 손에 맡겨야 하다니.

두 손으로 꽉 움켜쥐었던 무언가가 퍼드덕 날아간다.

"여기만 아니면 괜찮아."라는 말이 주문이 되어
묶고 있던 사슬을 끊어 버리고
퍼드덕 퍼드덕 날아간다.

어디로 가는지,
그곳이 여기보다 나은지
아무도 모르지만.

사회생활의 기분

막막하게 시작해
막막하게 끝나는
날이 이어진다.

지금 서 있는 이 자리가
어제의 끝인지,
오늘의 중간인지,
내일의 시작인지

도무지 알 수 없는 그 길 위에
매일 놓이길 반복한다.

이젠 모르겠다.
어제가 오늘인지,
오늘이 내일인지.

짭짤한 땀이 눈 속을 파고든다.
핏바닥이 마른다.
발바닥이 쓰라리다.
'일시정지' 버튼을 눌러 벌러덩 눕고 싶다.
어서 그 버튼을 찾아야 한다!

러닝머신

삶에는 '달리기'만 있는 것이 아니다.
분명 천천히, 일시정지, 뒤로 가기 같은 버튼도 있겠지.
그런데 왜 보이지 않는 걸까.
대체 그 버튼들은 어디에 붙어 있는 걸까.

(직진금지)

여기서 빙글빙글,
저기서 띄엄띄엄.
앞으로 갔다
뒤로 갔다
옆으로 뛰고
구르고.

그냥 바로 가면 안 되는 거야?
설마 이게 맞나 저게 맞나
실험해 보는 건 아니지?

미션 임파서블

촘촘한 보고 라인을
유연하게 빠져나가
상대의 테이블에
암호로 위장한 보고서를
무사히 전달할 것!

요놈을 잡으려니 저놈이 올라오고,
저놈을 잡으려니 아, 글쎄 요놈이 다시 올라오고!
요놈이 맞다고 하면 저놈이 아니라 하고,
저놈이 옳다고 하면 요놈이 틀렸다고 하니.

에라~ 모르겠다.
이번에는 아무거나 확 잡아 버리자!

예고

퇴근할 거야.
집에 갈 거야.
내 길 막지 말고
조용히
네 갈 길 가.

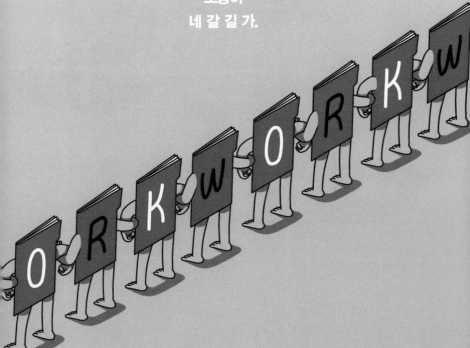

힘차게 전진!

눈앞에 앞사람의 뒤통수가 보인다.

앞사람의 앞엔 무엇이 있는지 모른다.

윗사람의 위, 그 위의 위엔 무엇이 있는지 모른다.

여기저기 내뿜는 숨소리와 온갖 체취로 존재를 가늠할 뿐.

각자의 눈앞에 뭐가 있는지 서로 알 길이 없다.

보이는 것이 서로 다르지만

궁금하지 않다.

묻고 싶지 않다.

하지만 모두 모였으니

월월월 으르르릉 콩콩
아우우으어어어 컹컹
왈왈왈 크르르 으러렁
크왁왈왈왈 웡웡웡
멍멍멍 으컁컁컁
크에엑켁켁 컹궈엉
우와악악 왈왈왈
컹컹멍멍 으헝
캉캉캉 월월
크렁으르렁 멍멍
아우우우우 ～

CHAPTER

2

화요일
TUESDAY

어쩐지
찝찝해

태생

가만히 앉아 있다 언뜻 보았다.
어금니를 드러내고 침을 흘리는 짐승을.
무심코 걷다 얼핏 보았다.
혀를 날름거리며 독침 날릴 준비를 하는 금수를.
짐승의 얼굴로 주변을 맴도는 사람들.
쓰고 있던 가면은 어디에 두고 온 거야?

저 굵고 긴 빨대가 등에 꽂히면 어떤 기분일까.
다들 '날 잡아 잡숴' 하는 듯해서 한심하게 봤다.
앓는 소리라도 듣게 되면
그렇게 당한 사람이 모자란 거 아니냐고 속으로 생각했다.
어떻게 두 눈 시퍼렇게 뜨고 당하냐고.
도망을 치든지 육탄전을 하든지
저항이라도 해 봐야 하는 거 아니냐고.
난 바보처럼 넙죽 등을 내주지 말아야지 다짐했다.
내겐 그런 일이 일어나지 않을 거라는 전제를 깔고.

그러나 지금 그들이 사라지고 남은 이 자리.
그들이 느꼈던 불안과 그 초조함을
다독이는 게 얼마나 어려운 일인지 실감했다.
어디론가 도망치거나 상대와 맞서는 것은 더더욱.
몰라서 당하는 것이 아니라 너무 두려워 그럴 수밖에 없다는 것을.

입장차이

아니, 괜찮아, 안 아파.
좀 놀라서 식은땀이 나고 손이 떨릴 뿐이야.

이제 내 차례네?
그 창 이리 내.
나도 너에게 미안할 수 있게
그거 이리 갖고 와.

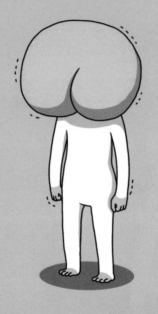

이런 변이 있나

입만 열면 쾌변하는 엉덩씨.

저 입을 멈추게 하는 약 어디 없나?

기대

뭐든 열심히만 하면 될 줄 알았다.

언젠가는 나도 여기서 훨훨 날게 될 거라 믿었으니까.

달라는 건 모두 주었다.

내 목소리와 자유로운 팔다리까지.

스스로 내놓았지만 영영 잃어버리리라고는 생각하지 않았다.

더 나은 내가, 더 멋진 내가 되어 언제든 되찾으리라 믿었다.

그러나 오래지 않아 깨달았다.

나는 서서히 불구가 되어 가고 있었음을.

이제는 입이 있어도 말할 수 없고,

팔다리가 있어도 떠날 수가 없다.

뚜껑이 열리고 단내 폴폴 풍기는 알맹이가 먹히는 순간,
언젠가는 그 속이 텅 비게 될 걸 알았다.
채웠으니 당연히 비워지는 거겠지.
비워졌으니 또 다시 채워지기도 할 테고.
바닥까지 남김없이 닥닥 긁어내자.
빈 컵이 버려지면 깨끗한 물에 말끔히 씻자.
물기를 탈탈 털고 볕 좋은 날 바닥 구석까지 바짝 말리자.
이전보다 더 신선하고 맛깔스런 알맹이로 속을 꽉 채우자.
새로운 라벨을 컵에 붙이고, 투명한 스티커로 뚜껑을 붙이자.
묵직하게 채운 컵을 냉장고에 넣으니 그제야 힘이 쑤욱 빠진다.
그래, 이참에 좀 쉬어가야겠다.

기분
···
탓이겠지?

힘내라, 발대리

발로 뛰는 발대리

힘내라! 발대리
멋지다! 발대리
괜찮아! 발대리

포기하지 마!

고민

이 길로 가다가는 진창에 빠질 거라는 예감이 들지만 선뜻 멈추지 못한다.
낡은 자가용 뒷바퀴가 푹 잠겨 헛바퀴를 돌자 가던 길을 멈춘다.
차창을 내려 점점 빠져드는 뒷바퀴를 가만히 들여다본다.
빼내야 한다는 생각이 맴돈다.
한편으로 진창 속에 아예 푹 잠겨 버리길 바라기도 한다.
두 생각 사이에 이 말을 쑤욱 집어넣는다.
'뭔가 잘못된 거야. 뭔지 모르겠지만 뭔가 잘못되고 있어.'
누군가 아니라고 말해주면 좋을 텐데.

사양하지 마시고,
여기 편하게 앉으세요.

모순

일단 그렇게 하겠다고 대답한다.
그리고 원래 계획대로 하면 된다.
어차피 기억도 못 하잖아?

화상

공기 중에 탄내가 확 풍기는 날.
한동안 굶주린 불씨가 먹이를 찾아 헤매는 날.
이런 날엔 대형 화재가 나곤 한다.
화재의 시작이 될 불쏘시개, 누가 될 것인가.
젖은 나무 아래에 모두 몸을 숨길 때 나만 우뚝 솟았네.

당첨!

괜찮냐고
한번만
물어봐 줘.

확 울어 버리게.

776번째 대화

같은 언어를 암호화해서 듣는 능력이 있나?
들은 내용을 그 자리에서 삭제하는 능력이 있나?
보통의 대화를 이해하기에는 너무 천재거나
애초에 같은 언어를 쓰지 않는 외계인일지도 모르겠다.
도대체 너의 정체가 뭐냐.

아오오오오오오 !!!

그 시절, 내가 좋아했던 사수

전쟁터에서 만난 평화.
가뭄 속에 만난 소나기.
사막에서 만난 오아시스.
훈련소에서 먹는 초코파이.

월월월 으르르릉 쿵쿵
아우우으어어어어컹컹
왈왈왈 크르르으러렁
크왁왈왈왈 웡웡웡
멍멍멍 으캉캉캉
크에엑켁켁컹귀엉
우와악악 왈왈왈
컹컹멍멍으헝
캉캉캉월월
크렁으르렁멍멍
아우우우우 ～

개소리

입이 열리고,
소리가 커지더니
알 수 없는 말들이 와락 쏟아진다.
얼굴을 사정없이 때리고 바닥으로 곤두박질친다.
내용 따위 간데없는 말들이 바닥에 나뒹굴며
소리만 남아 사납게 짖는다.

으르르릉   왈왈왈

컹컹컹컹

끔새

구린내가 풀풀 난다.
그래도 믿는 척하자.

진짜 믿진 말고.

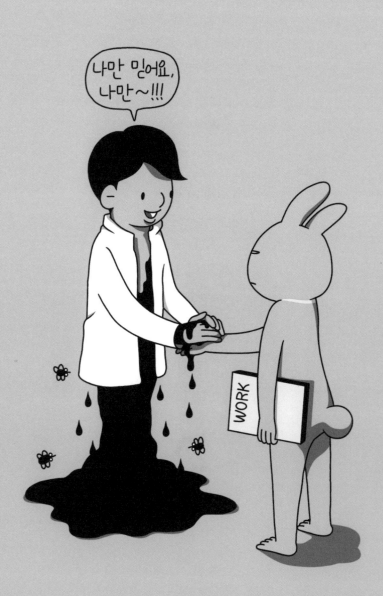

예언자

그저께 이 일,
괜찮다고 했잖아요.

어제도 이 일,
잘될 거라 하셨잖아요.

오늘 아침에도 이 일,
예감이 좋다 말했잖아요.

그만 좀 찔러.
한 놈씩 오든가.
비겁하게 떼 지어 오냐.

조급증

누가 자꾸 쫓아오고 있어.
본 적은 없지만, 분명히 그래.

확성기

아침 드라마의 요지경 막장 스토리.
기상천외한 인물들이 별의별 일을 다 벌인다.
이 드라마의 작가는 재능이 뛰어나다.
어떤 사람이냐고?
구미가 당기는 사건을 중심으로
등장인물들을 기가 막히게 뒤섞을 줄 알고,
앞뒤가 맞지 않는 것 같은데도
계속 듣고 싶게끔 만드는 화술이 일품인 사람.
장면에 등장하지 않는 인물일수록
더 화려하게 꾸며 돋보이게 하고,
죽지만 않는다면 모든 인물들이
한 번씩 주인공 역할을 하게 만들어 주는 사람.
그런 천재적인 재능을 엉뚱한 곳에서 썩히고 있는 사람!

반전

기쁨을
나누니

질투가
되고

슬픔을
나누니

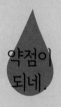

약점이
되네.

눈치

'하고 싶으니 해 보자!'라는 생각보다
'해도 괜찮을까?'라며 자꾸 망설인다.

하면 안 되는 이유를
98가지쯤 떠올리며
뗀 발을
원점으로 돌려놓는다.

너덜너덜

온종일 이들과 뒤엉켜 물고 뜯고 구르다 보니
어느덧 돌아가야 할 시간,
치열하게 부대꼈음을 온몸의 상처로 느낀다.
그림자도 지쳤는지 하염없이 늘어진다.

분담

또 한 번 확실히 깨닫는다.
싸는 놈과 치우는 놈은 따로 있다는 걸.
치우는 놈이 아닌 싸는 놈이 되었어야 했다는 걸!

글쎄, 어제
설대리가
말이야~

환청

자리에서 조금 멀어지니
터트릴까 말까 망설이던 이야기꽃이 톡톡 터진다.

멀찌감치 떨어져 서로 보이지 않을 거리가 되니
축제의 폭죽처럼 터지는 담화가 요란하게 빈자리를 채운다.

폭식

오늘
밥 안 먹어도
배부르겠다.

적금 만기일

만기일은 어찌나 빨리 돌아오는지.
이자는 또 얼마나 많이 붙었던지.
스트레스성 위궤양이라는
만기 축하 선물도 챙겨 주고 말이야.

빙빙빙

발 없는 말이 천 리를 그냥 가는 게 아니다.
발 없는 말은 이것저것 닥치는 대로 주워 먹으며 천 리를 내달린다.
한참을 달려 누군가에게 도착한 발 없는 말은

처음과 전혀 다른 모습으로 나타난다.

홀로 퇴근

거리의 취객들마저 모두 사라진 시간.

하루에 대한 미련으로 길게 늘어진 그림자와 함께 퇴근한다.

입을 꾹 다물고 발끝에 매달려 마지못해 끌려오는 그림자.

인생이나 꿈, 희망, 행복 따위에 대한 곤란한 질문을

마구 쏟아낼 것만 같은 친구.

무언가 대답하려 한참을 서서 스스로를 들여다봐도

답이 보이지 않는 피곤한 질문들 뿐이다.

거기에 마주할 자신이 없다.

잠시 멈춰 돌아볼 용기도.

힐 끔 힐 끔 쳐 다 보 다

늘어진 그림자가 입을 떼기 전 얼른 고개를 돌린다.

곤란한 표정을 들키지 않게 서두르자.

어 서 빨 리 집 으 로 가 자 .

CHAPTER

3

수요일
WEDNESDAY

일, 일, 일!

일, 일, 일

사라질 줄 모르고 쌓이기만 하는,
책상 좁은 줄 모르고 꾸역꾸역 들어차기만 하는,

일

일

일!

아니, 뭐야! 누가 여기에 불까지 붙이고 간 거야!

몰라, 몰라, 몰라!

원래 못 하는 건 없다던 사람들이
시도해 보지 않고 못 한다고 말하면 안 된다던 사람들이
입을 맞춰 '원래' 못 하는 게 많다고 외치는 순간.
이제, 타의로 슈퍼맨이 될 시간.

여전히 수요일.
아직도 수요일.
지금도 수요일.

숨이 꼴깍 넘어가는
그 순간의 수요일.

오락가락

결심과 포기 사이,
칭찬과 질타 사이에서
매일 매 시간

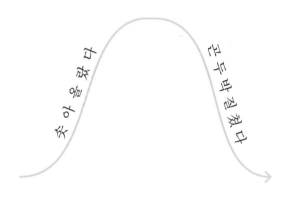

롤러코스터.

권유

웬만하면 이런 말은 다른 사람한테 안 하거든.
무안할까 봐 걱정되기도 하고 말이야.
네게도 처음엔 조심스럽게 말했지.
미친 듯이 먹어대는 네게
이렇게도 조언해 보고 저렇게도 설득해 봤어.

지금 네 꼴을 보니 더 냉정하고 잔인한 말을 했어야 했어.

널 위한 배려가 널 이 지경으로 만들었다는 생각이 들어.

더 이상 널 먹여 살릴 자신이 없어.

너 살찌우느라 죽을 지경이야.

이렇게 말해도 못 알아들으니 마지막으로 한마디만 할게.

'야! 제발, 이제 그만 좀 먹어!'

지켜보고 있다

등 뒤로 느껴지는 그대의 뜨거운 눈빛.
나의 작은 움직임도 놓치고 싶지 않은 그 마음.
혹시라도 고생할까 염려하는 마음으로 지켜보는 거 알아요.
혹시라도 힘들까 애타는 마음으로 눈을 떼지 못한다는 거 알아요.

그렇지만 이제 나를 좀 내버려 둬요.

거미줄처럼 날 동여매지 말고 내버려 둬요.
일 좀 하게 내버려 둬요.
안 보는 척 하지 말고,

저리 좀 가요.

이 녀석이 하는 말이 무슨 뜻인지 알아들은 적은 없지만,
쉬지 않고 뱉는 수다를 듣고 있으면
내 심장도 덩달아 수다스럽다.
째깍 째깍 떠드는 소리에 맞춰 **펄떡 펄떡** 뛰는 심장.
두근대는 심장 박자에 맞춰
들숨 날숨이 헷갈리기 시작하는 호흡.

이 녀석과 마주하고 대화하다 보면
이러다 덜컥 숨이 멎는 게 아닌가 싶다.

새벽까지 술을 마신 것도 아니면서
속에 있는 걸 끝없이 토해내는 대단한 놈.

다산의 신

앞집도, 뒷집도, 옆집도
하나만 낳아서 잘 키우는데
이 집은 어찌 된 일인지 틈만 나면 낳아.
그래, 여러 명 낳을 수도 있어.
못 낳아서 힘든 집도 있으니
어찌 보면 대단한 일이지.

하지만 낳았으면
끝까지 책임지고 키워야지 않겠어?
키울 자신이 없으면 낳을 생각도 말아야지.
아니면 키워주는 값이라도 잘 챙겨 주든지.
낳는 사람 따로, 키우는 사람 따로.
어제 하나 낳고 나한테 떠넘기더니
오늘 또 데리고 올 작정인가 봐.
아이고, 아이고~ 내 팔자야.

하루하루

어떤 날엔 돌덩이가 어떤 날엔 불덩이가.
엊그제 생긴 화재 진압도 덜 했는데,
어제 맞은 자리 상처도 덜 아물었는데,
오늘이라는 친구가 그런 사정 봐줄 리 없다.
당차고 야무지게 할 일을 던져 주고 자기는 손을 털겠지.

퇴근 같은 소리

왜 퇴근 안 해?
왜 집에 안 가?
일 다 했으면 얼른 퇴근해~

라는 말, 하지 마세요.
퇴근 30분 전에 해발 2,750m짜리 일을 안겨 주고
그런 말 하지 마세요.
금요일 저녁, 오리발 하나 덜렁 주며
월요일 오전까지 태평양 횡단하라는 말 하지 마세요.
얼마나 힘든지 알면서,
할 수 없는 일이란 걸 알면서,
그런 말 하지 마세요.

잘 먹겠습니다

가끔은 내가 좀비가 아닐까 싶다.
매일 입만 달린 것들에게
이 부위 저 부위 물어뜯기면서도
죽지 않고 다시 잠들었다 다음날이면 멀쩡하게 깨어나니까.
같은 곳을 또 뜯기거나 다른 곳을 물리면서도
통증을 못 느끼니까.
이럴 땐 모든 감각이 정지된 채 몸만 움직이는 좀비가 떠오른다.
죽은 것도 산 것도 아닌 채
팔 하나 내줘도, 다리 하나 던져 줘도
생존하는 데 별 지장 없는 좀비 말이다.
나 살아있는 걸까?

야근 열매

해가 지고 어스레한 무렵,
누군가 단내 풍기는 열매를
큰 바구니에 가득 담고 나타난다.
소리 없이 책상 사이를 거닐며 여기저기 나눠 주는 그것.
덥석 받아먹다가는 골병든다는 것도 알지만,
뽀드득 반짝이는 열매 안에 독이 들었다는 걸 잘 알지만,
싫어도 먹게 되는 찝찝한 열매.
어릴 땐 몰라서 먹었고, 지금은 안 먹을 수 없어 먹는다.
내던지면 그만이라고 말하면서도 받아 들고,
먹기 싫어도 베어 무는 때깔 고운 야근 열매.
열정이라는 말로 포장된 독이 든 사과.

마감이 주는 초능력.

꼬인 일들을 화끈하게 풀어내고,
쏟아지는 요청을 연기처럼 증발시키고,
아예 처음부터 없던 일로 만들기도 하며,
아무리 많은 일도 단번에 시원히 해결해 버리는 바로 그 능력!
뭐라도 좋으니 한 가지 능력만이라도 생겼으면.

크와컹컹크르르컹컹

개 조심

원래 이런 사람 아닌데,
온화하고 조용하고 평화를 사랑하는 사람인데,
연일 물어뜯고 뜯기다 보니 개 조심 경보 발령 중.
목줄 끊고 뛰쳐나가고 싶을 만큼
날뛰게 되는 날도 있다.
솟아난 이빨로 목줄 끊는 일이야 쉽지만,
일단 날뛰기만 하고 생각은 다시 해 보자.

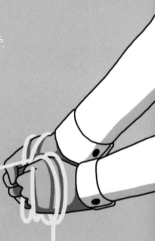

수요산

산 중에 가장 악명 높다는 수요산.

미끄럽고, 높고, 평지도 없는 뾰족한 산.

매주 같은 듯 다른 듯

묘하게 서로 닮은 산봉우리가 끝없이 반복되는 수요산.

꼭대기에서 잠시 성취감을 맛볼 새도 없이

다음 정상을 향해

우리 모두 힘차게 등반!

매주 찾는 수요산,

다음 주엔 오늘보다 더 수월하길 바라며.

아뿔싸!

어쩌다 여기에 있는 거지?
어째서 이곳에 갇힌 거야!

불길이 치솟기 전에 나가야 해.
어영부영 있다가 잿더미가 될지도 몰라!

블랙홀

해가 뜨자 문이 열린다.
첫 번째 문이 열리고 닫히며 두 번째 문이 열린다.
두 번째 문이 닫히고 세 번째 문이 열린다.
세 번째 문이 닫히고 네 번째 문이 열린다.
네 번째 문이 닫히고 다섯 번째 문이 열린다.
어느덧 해가 지자 열네 번째 문이 열린다.
열네 번째 문이 닫히고 열다섯 번째 문이 열린다.
별과 달이 뜨고 엄청난 수의 문이 열리고 닫힌다.

아, 퇴근 언제 하지?

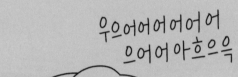

힘깨나 쓰는 난데, 이놈은 땅에 철심을 박았나.
해지기 전까지 쓰러트려야 하는데

꿈쩍을 안 하네!

앞서 이 병 안에 있던 그 분,
풍! 소리를 내며 시원하게 탈출한 뒤 이제 내 차례.
빈 병에 몸을 구기고 들어와 보니
이 안에 어떻게 있었는지 궁금해진다.
들어온 지 1분 만에 나가고 싶다.

인생 값

너희들 때문에 산다.
너희들 크는 모습 덕분에 버틴다.
너희를 정말 많이 사랑하기 때문에 산다.
미안해, 오늘은 아빠가 조금 힘들어서 한잔 했어.
오늘은 힘들지만 내일은 괜찮을 거야.
너희들이 있으니까.
내일부터는 다시 씩씩해져야지!

분명 치밀한 누군가의 소행이다.

누군가 간밤에 날 침대에 붙여 놓고 도망친 게 틀림없어.

출근 준비를 다 끝내고 집을 나서고도 남았을 시간에 누워 있다니.

이렇게 허우적대는 건 내가 원해서가 아니야.

더 열심히,

더 치열하게,

더 미친 듯이 일 할 수 있어!

난 괜찮아.

정말이야!

역지사지

일이 없으면 많은 사람 부럽고,
일이 많으면 없는 사람 부럽고.
일은 없어도 죽겠고,
많아도 죽겠고.

나도 여기 있고, 이대리도 여기 있어요.

박팀장님도 여기 있고, 최대리도 여기 있어요.

A씨, B씨, 모두 여기 있어요.

몇 번째 책상, 몇 번째 칸에 있는지 모르겠지만 모두 여기 있어요.

자기 자리에 잘 앉아 있어요.

안락한 시간

모두 퇴근하고 텅 빈 사무실에 혼자 있을 때.
반대로 모두 출근하기 전 혼자 사무실에 있을 때.
늘 사람들로 부대끼던 곳이 갑자기 텅 빌 때,
같은 공간이 주는 또 다른 느낌.
자주는 아니지만 가끔,
아주 가끔,
일터에서 느끼는 묘한 안락함.

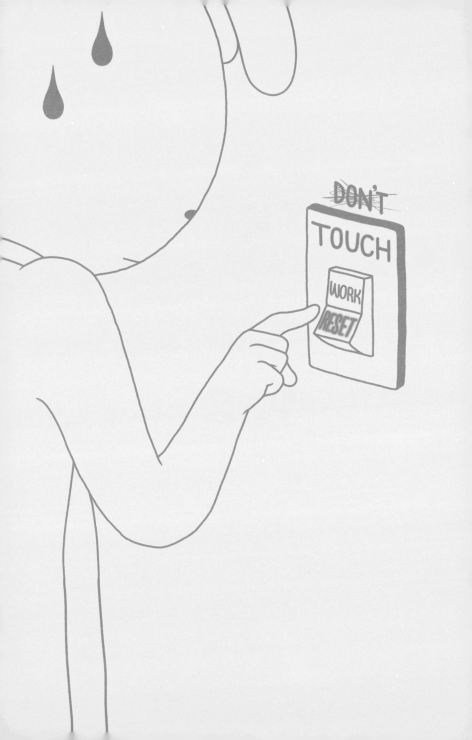

CHAPTER

4

목요일
THURSDAY

오늘은
월급날

월급날

제일 먼저 만나러 온 줄 알았는데,
그대는 이미 떠나고
텅 빈 자리만 남아 있네.

재벌은행

꿀벌

아침밥 굶어가며 하루를 시작하고,
저녁별 구경하며 하루를 마감하는 매일.
군말 없이 참 성실하게 일했으니
오늘은 여기 앉아 좀 쉬자.
달콤한 꿀을 입안에 그득 머금고
벌렁 드러누워
피곤했던 시간을 녹여 보자.

막차

귀갓길, 수많은 엑스트라를 만날 수 있는 시간.
온갖 배역이 등장했다 사라지고
상상을 초월하는 대사들이 들리는 시간.
다른 인생의 주변인으로 살고 있지는 않은지
불안한 마음 탓에 휘청거리는 사람들.
내 인생의 주인공이고 싶다는 말로
지친 하루를 위로하는 이들이 가득 찬 오늘의 마지막 열차.

THURSDAY
THE LAST
SUBWAY

아무것도 하고 싶지 않다.
공부하고 싶지도,
여행하고 싶지도,
일하고 싶지도,
놀고 싶지도,
않다.

아무것도 하지 않고
삶을 느끼고 싶다.

바람도 느끼고,
하늘도 보고,
뛰지 않고 느긋하게 걷고 싶다.
살기 위해서 무언가를 하지만,
살아 있다고 느끼며 지낼 틈이 없었으니까.
그러니까, 아무것도 하고 싶지 않다.

가수와 개

내가 이 짓하려고

입사했냐고!

(회식하는 날)

일 좀 합시다.
일은 하게 해 줘야 할 거 아니요.

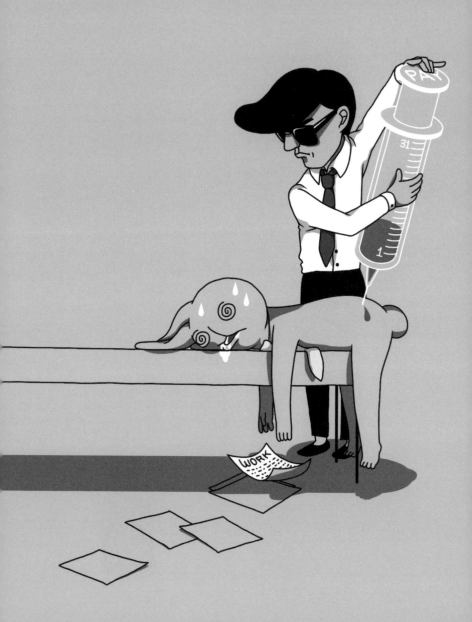

한 달에 한 번 주사를 맞는다.
세상 어떤 약보다 중독성이 강하고,
웬만한 고통은 단번에 잊게 해 준다는
기적의 주사.
월급 주사.

싱숭생숭

마음이 두둥실 떠오른다.
맨발로 가볍게 바닥을 통통 튕기며 걷는 기분.
향긋한 바람이 낚시 바늘이 되어 기분을 확 낚아챈다.
이대로 사라지면 어떨까.
몰래 멀리 가도 괜찮지 않을까.
나 없이도 잘만 돌아가는 모든 것들에서.

사표

좋아서
품고 다니는 게 아니야.
언제든 던질 수 있게
준비하고 있는 거야.
입버릇처럼 말하는
'내일'이 오면,
바로 던질 수 있게.

누가 터트려 버릴지도 모르지.

때론 내 손으로 그럴지도.

터져도 다시 만들면 그만이야.

다시 만들 수 없다면 그대로 있어도 별일 생기지 않아.

있으면 좋겠지만 꼭 있어야 할 필요는 없으니까.

꿈이 그리워지면,
어딘가에서 구해 오거나
천천히 찾아 나서면 돼.
사라졌다고 없어져 버리진 않거든.
하나만 있어야 한다는 것도 아니고.
꿈은 그런 거야.

오늘만큼은
머리 없는 짐승이 될 거야!
있는 대로 다
터트려 버릴 거야!

물물교환

내겐 당신에게 줄 수 있는 것이 있고,
당신은 내가 필요로 하지만 없는 것을 갖고 있다.
종종 내가 더 손해 보는 기분이지만
그건 '기분 탓'이라고만 해 두자.

미역국에 밥 말아 먹고 싶다.
아래가 거무죽죽하게 그을은 양은솥에 펄펄 끓는 소고기 미역국.
머리통이 들어갈 만큼 큰 국그릇에 서너 국자 푹푹 퍼담고,
머슴밥 한 공기 툭 털어 말아 입 안이 터질 듯 욱여넣고 싶다.
입가로 삐져나오는 국물을 손으로 스윽- 닦으며 고개를 들면,
"쎄빠지게 일 한다꼬 억수로 욕 봤다이, 마이 무라." 하며
날 보는 엄니가 계시면 좋겠다.
지금, 내 곁에.

어디서 왔어!
누가 시켰어!
이게 어째서
다 네 거란 말이야!

출 입 금 지

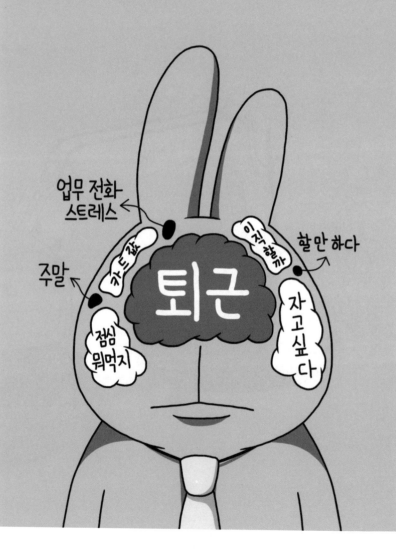

홀로그램처럼 세상이 흔들리고 겹쳐진다.

눈알이 서로 다른 방향으로 구르는지 머리가 어지럽다.

접선이 불량한 전선 끝 형광등처럼

눈이 껌뻑껌뻑.

고개가 꾸벅꾸벅.

딱 10분만,

아니 5분만.

3분만.

시간 도둑

아무리 대문 앞을 지키고 있어도 소용없다.

CCTV를 달아도, 방범창을 달아도 소용없어.

지금껏 들킨 적도, 잡힌 적도 없으니까.

점심시간

아침부터 네 생각뿐이었어.

오늘 넌 어떤 모습일까?

몇 시에 어디서 만날까.

다른 사람과 같이 만날까, 단 둘이서만 볼까.

널 만나러 갈 때면 내 마음이 얼마나 설레는지 넌 모를 거야.

때론 너와 헤어지자마자 그리운 날도 있어.

시간에 쫓겨 겨우 얼굴만 본 날,

상상만으로도 끔찍하지만 널 만나지 못한 날.

그런 날엔 하루의 무게가 더 버겁게 느껴질 만큼

너에게 푹 빠졌어.

너 없이는 못 살아, 정말 못 살아.

눌러!

오늘의 연속.

딱히 행복하진 않지만 그렇다고 불행하지도 않은 오늘의 연속.

그저 큰 사건이 없다는 것에 위로 받으며 이렇게 안주하며 살아도 될까.

나 이대로 흘러가도 괜찮은 걸까.

언젠가.

언젠가는 이런 오늘에 마침표를 찍을 수 있을까.

오롯이 나를 위한 하루를 다시 시작할 수 있을까.

'언젠가'라는 그때를 과연 겁 많은 내가 '오늘'로 만들 수 있을까.

기쁨의 순간

드디어!
드디어!!
드디어!!!

시작이야!

좋은 날은 몇 년도 몇 월 며칠인가요.
앞당겨 달란 말도, 뒤로 늦춰 달란 말도 하지 않을 테니
흐리멍덩하게 들리는 좋은 날이 대체 언젠지만 알려줘요.

CHAPTER

5

금요일
FRIDAY

굿바이
굿나잇

악몽

꿈자리가 뒤숭숭하다.
꿈은 반대라니까
좋은 일이 생길 거라고 믿어 보자.

(**출근 준비**)

옷만 걸친다고 나설 수 있는 게 아니다.
어울리는 가면까지 써 줘야 비로소 현관문을 열 수 있다.
옷은 깨끗하고 단정하기만 하면 허름해도 봐 줄만 하지만
얼굴은 다르다.
맨 얼굴에 깨끗함과 단정함을 하얗게 깔고,
그 위에 오늘의 바람이 주술처럼 그려진 가면을 덮어 줘야 한다.
맨살을 최대한 가린 채 부적과 같은 가면을 쓰고.
자, 오늘도 출근!

미스테리

요즘 일이 넘쳐. 이번 주말도 반납이야.
만날 야근에, 밥도 제때 못 먹어, 잠도 제대로 못 자…
하루가 언제 시작됐고 어떻게 끝났는지 모를 만큼 정신없이 지내.

누구는 이러면 살이 쭉쭉 빠진다던데.
대체 그 '누구'가 '누구'래? 누가 그래?

올가미

기억해.
아님 어디 적어두든지.
나를 사용할 수 있는 시간은
평일 9시부터 18시까지야.
24시간이 아니라고!

실컷 부려지다 버림받은 영혼이여, 내게로 오라.
철야하다 코피 터진 이들이여,
야근 수당 없이 초과 근무한 이들이여,
눈치밥에 급체한 이들이여, 모두 내게로 오라.

내가
너희의 과로를
치유해주리라.

축제

거기, 당신도 멀뚱히 서 있지만 말고
와서 아무나 붙잡고 돌아.
같이 추자!

화형식

'불타는 금요일'이
이런 거 아니야?

너도 타고 나도 타고
화끈하게 모두 태우자,
뭐 그런 거 아니었어?

3년 만에 만나는 친구들과의 우정.
어제 싸우고 냉전 중인 그녀와의 화해.
정년퇴임하신 아버지와의 맥주 한잔.
동생 애인을 처음 만나는 자리.
유일하게 알람이 울리지 않는 게으른 아침.
목소리가 잠길 만큼 입을 닫고 있어도 편한 점심.
TV와 맥주와 치킨이 뜨겁게 엉키는 저녁.
팬티 7개와 양말 7쌍이
섬유유연제 냄새를 풍기며 말라가는 오후.

주말은 토요일, 일요일이라는
이름만 있는 게 아니다.
그러니 그 가면은 넣어 둬!

퇴근

해 뜨면 일어나고, 해 지면 자야 한다.
밥 먹을 때 먹어야 하고, 싸야 할 때 싸야 한다.
그래야 할 때 못 하면 그걸 하는 내내 이런 생각이 든다.
'계속 이렇게 살아야 하나.'

"네 눈 옆에 눈가리개가 있어!"
그 말을 듣고 나서야 알았다.
오랫동안 이 길만 죽어라 다닌 이유를!

물론 그 사실을 알았다고 해서 당장 뭔가 변하지는 않겠지.
눈 옆에 내 세상을 가릴 만큼 크고 단단한 이것이
몸뚱이의 일부처럼 딱 붙어 있는 한.

그렇지만 왠지 기분이 묘해진다.
미처 몰랐던 다른 길이 있을지도 모른다는,
그 다른 길에서 새로운 일을 만날 수 있다는 기대로.

그래, 그래. 당장 달라지지는 않겠지.
하지만 알았다는 사실만으로도 이미 달라진 거야.
서서히, 조금씩 달라질 거야.

식사

살아간다는 것은 내게 주어진 삶을 먹어 치우는 일.
어차피 먹어야 한다면 맛있게.

세상이 검다.
희끗한 무언가가 보였다 사라지지만,
그걸 진짜 본 건지 봤다고 착각한 건지조차 헷갈린다.
우두커니 서서 검고 후터분한 공기를 들이마시니 속이 따갑다.
까맣게 그을린 속을 뒤집어
녹아내린 애간장이 섞인 검붉은 공기를 길게 뱉어 낸다.
숨 쉬기 어려워질 때까지 그 자리에 서서
들이쉬고 내쉬기를 반복하던 날.
이제 그만 벗어나고 싶지만,
너무 지쳐 움직일 수 없던 그런 날.

팬찮아, 정말이야.
깨지지만 않는다면 얼마든지 다시 쓸 수 있어.
아무 일 없는 건 아니지만,

아무 일 없던 것처럼 할 수 있어.

마침내 휴식

아, 이제 좀 살겠다.
아무것도 안 할 거야.
그냥 여기서
퍼져있을 거야!

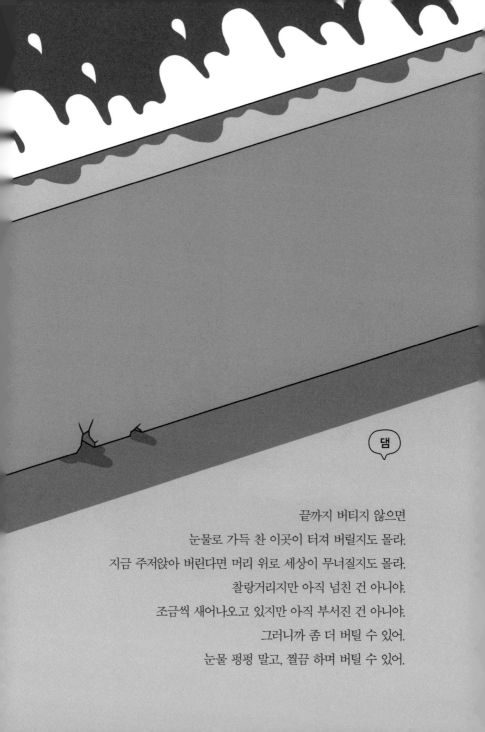

댐

끝까지 버티지 않으면
눈물로 가득 찬 이곳이 터져 버릴지도 몰라.
지금 주저앉아 버린다면 머리 위로 세상이 무너질지도 몰라.
찰랑거리지만 아직 넘친 건 아니야.
조금씩 새어나오고 있지만 아직 부서진 건 아니야.
그러니까 좀 더 버틸 수 있어.
눈물 펑펑 말고, 찔끔 하며 버틸 수 있어.

이건 진심이야.
우린 정말 수고가 많았어.

굿바이, 굿나잇

이제 그만하고 집으로 돌아가자.
생존의 땀으로 눅눅해진 셔츠를 세탁기에 던져 넣자.
잔뜩 거품을 내 뽀득뽀득 샤워를 하고,
아무렇게나 퍼질러 앉아 시원한 술이나 한잔 하자.
하루를 잘 살아낸 나에게 쑥스러운 칭찬을 건네고,
내일의 희망을 이불로 끌어들여 뜨겁게 안아 보자.

자, 이제 모두 굿바이,
그리고 굿나잇.

4년이라는 짧지 않은 시간 동안 〈블루메모〉를 꾸준히 이어갈 수 있었던 원동력은 내 직장 경험에 의해서라기보다는 오롯이 지금 이 시간에도 직장에서 고군분투 중일 여러 지인들과 블로그를 찾아주시는 분들의 이야기 덕분이다.

〈블루메모〉를 처음 선보였던 초창기엔 '감정 표현이 너무 적나라 하지 않느냐'는 반응들이 많았다. 아울러 불안, 불만, 자책, 실망과 같은 부정적 감정들을 다시 포장해 에둘러 보여 주면 어떻겠냐는 조언도 들었다. 그러나 〈블루메모〉의 주인공인 설대리의 사회생활을 하루 이틀 함께 지켜보며 그러한 조언들은 서서히 공감으로 바뀌었다. 내 마음을 그대로 표현해 주었다는 감상평이 늘었고, 오히려 좀 더 직설적으로 말해 주길 바라는 분들도 많아졌다.

〈블루메모〉의 원형은 한 장의 그림과 한 줄의 글이다. 때로는 아무런 설명 없이 그림만으로 메시지를 전달하기도 한다. 그렇게 수년간 블로그를 통해 선보여 왔던 작품을 책으로 엮으면서 짤막한 글을 새로 보탰다. 그림이 가진 여백을 파악하기 위한 일종의 나침반의 역할이다.

원고를 쓰고 그리는 내내 설대리는 나에게 다양한 관계 속 '누군가'가 되어 다가왔다. 어느 날은 내 상사가 되었다가, 또 다음 날은 후임, 거래처, 동료, 친구, 그리고 취업 준비생에 이르기까지. 편집을 마무리하면서 이제 앞으로 설대리는 누군가에게 어떤 모습이 되어 다가갈지 기대하게 된다. 믿음직한 동료가 되어 어깨동무를 해주면 좋겠지만, 어떤 날엔 얄미운 동료가 되어 욕을 먹는다 해도 괜찮겠다. 그렇게라도 당신의 꽉 막혔던 속을 풀어 줄 수만 있다면.

마음껏 표출하기보다는 감춰야 미덕이라 여기는 사회 분위기 속에서, 미처 휘발시키지 못한 감정의 찌꺼기들은 차곡차곡 성실하게도 쌓여 마음을 짓누른다. '어제'가 내 발목을 붙잡고, '오늘'은 나를 다그치며, '내일'이 희망 대신 불안의 모습으로 다가올 때, 부디 이 책이 당신에게 작은 위로가 되었으면 한다.
유난히 마음이 쓰린 날 이 책 속 설대리를 보며 가슴에 박힌 시린 감정들을 하나씩 뽑아 낼 수 있기를, 하루하루 되는대로 사는 것 같지만 되는대로 살지 않기 위해 끝없이 자신의 감정을 마주

하는 설대리를 통해 그대 마음에 작은 힘이나마 보탤 수 있기를
소망한다.

끝으로 책의 편집을 맡아주셨던 김순미 본부장님과 진송이 에디
터님, 하나의 컷으로 된 그림의 여백을 다양하게 해석해서 짧은
글과 어우러지게 디자인 해주신 박재원 실장님께 감사의 인사를
전한다. 원고의 구성을 꼼꼼하게 살피고, 다듬어주신 덕분에 모니
터 속 원작과 책 사이의 이질감이 사라지고 원작과는 또 다른 매
력을 가진 책으로 탄생할 수 있었다. 그리고 주위의 시선에 위축
될 때마다 작가의 목소리를 잃지 않도록 지지해 주는 한편 냉정
하고도 애정 어린 의견으로 나를 응원해 준 반려자에게도 고마
움을 전한다.

설레다

아무 일 없는 것처럼

1판 1쇄 발행 2015년 9월 23일
1판 2쇄 발행 2015년 10월 12일

지은이 설레다(최민정)

발행인 양원석
본부장 김순미
책임편집 진송이
디자인 박재원
해외저작권 황지현
제작 문태일
영업마케팅 이영인, 정상희, 우지연, 김민수, 장현기, 정미진, 이선미

펴낸 곳 ㈜알에이치코리아
주소 서울시 금천구 가산디지털2로 53, 20층 (가산동, 한라시그마밸리)
편집문의 02-6443-8845   **구입문의** 02-6443-8838
홈페이지 http://rhk.co.kr
등록 2004년 1월 15일 제2-3726호

ISBN 978-89-255-5737-3 (03810)